はじめての人でもすぐできる

シニアのための俳句づくりワークシート

東京都板橋区俳句連盟副会長
今井弘雄 著

黎明書房

はじめに

高齢者が多くなりました。それは良いことですが、それにともなって、単身高齢者や、二人だけの高齢者夫婦が増えてきました。そして、それはデイ・サービスを受ける人が多くなり、老人施設の利用者が増えることにつながります。そして、デイ・サービスを受ける側の、さまざまな活動についての希望も変化していきます。

そんな中で、最近、デイ・サービスのレクリエーションの一つとして、簡単な俳句づくりを楽しむ機会を取り入れる施設が多くなってきました。たしかに俳句づくりは、いろいろ考えて作った自分の作品を発表し合うことで、お互いのコミュニケーションができ、人間関係も良くなり、デイ・サービスに行くのが楽しみになっていきます。すると、いままでやったことのない人まで、やってみたくなり、輪が広がっていきます。

しかし、現状としては、施設の職員の中には、俳句を教えることができる人は、そんなにいるわけではありません。だからといって、俳句を教えてくださる専門の先生に来ていただくには、謝礼を払う余裕もなく、たいていは、ボランティアをさがし、無料で教えてもらうことになります。（私も、いまはボランティアで教えています。）

そこで、「経験のない施設の職員でも、参加者と一緒に楽しめる俳句づくりをやってみよう！」と、この本を書きました。もちろん、俳句をやろうとする人なら、誰でも楽しく俳句づくりができるようになっています。

この本は俳句専門書ではなく、はじめて俳句に挑戦するすべての人が、楽しく俳句づくりができるきっかけとなる本なのです。

今井弘雄

目　次

はじめに　1
この本の特徴と使い方　4

第一章　俳句って何でしょう　5
―リズムをつかもう‼―

1　まずは、五・七・五のリズム　6
2　楽しく五・七・五の川柳を作ってみよう　8

第二章　季語について　11
―歳時記―

1　季節感のある言葉　12
2　歳時記について　14
＊12、13ページの答　15

第三章　いよいよ俳句を作る‼　17
―身の回りのものから詠む―

1　俳句は誰でも簡単に作れる　18
2　身の回りから作る　19

第四章　まず季語を使って作ってみましょう　21

1　春の季語を使って①　22

2　春の季語を使って②　24
3　夏の季語を使って①　26
4　夏の季語を使って②　28
5　秋の季語を使って①　30
6　秋の季語を使って②　32
7　冬の季語を使って①　34
8　冬の季語を使って②　36
9　新年の季語を使って①　38
10　新年の季語を使って②　40

第五章　俳句づくり、実践の基本　43
1　俳句の「切れ」と「切れ字」について　44
2　取り合わせについて　48
3　よく見て観察する　56
—一点集中の句づくり—
4　推敲《すいこう》と添削《てんさく》について　58
5　吟行《ぎんこう》について　63

第六章　句会について　65
—いよいよ、楽しい句会です—
1　句会に出よう　66
—句会の流れ—
2　句会における題について　68
—まずは、兼題で作ってみよう—

第七章　よく使う季語一覧　75
—一月～十二月—

○付録　82
投句用紙（短冊）、清記用紙、予選用紙、選句用紙

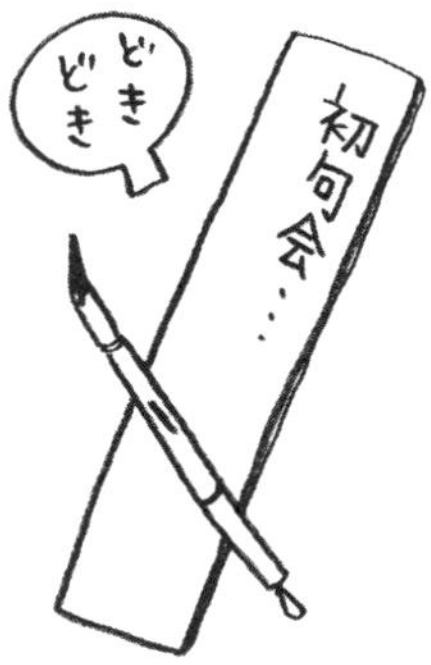

この本の特徴と使い方

この本は、はじめての人でも、この本を読みながら順番に進むと、おしまいには俳句ができるように組んであります。説明はわかりやすく、ていねいに書いてあります。施設の職員の人が、単元ごとにコピーをして読んであげるだけでいいようにしてあります。

もちろん、自分で読んで進めていってもいいように組んであります。

ワークシートには説明と具体例も載せてありますので

コピーして配って読むだけでけっこうです。

ワークシートの順番は、まったく俳句のわからない人が、だんだんとわかっていくように組んであります。

内容によっては、すぐその場でできないときもありますが、二十分～三十分ぐらいでできるようにしてあります。ちょっと難しいときは、次回までの宿題として進めていくのもいいでしょう。

むりをせず、次回まで宿題にしてもけっこうです。

俳句づくりの最終は句会をするように組まれています。

句会は難しくないので、俳句遊びの座として楽しんでください。

句会に必要な用紙（投句用紙（短冊）、清記用紙、予選用紙、選句用紙）はすべてこの本の中からコピーすればいいようにしてありますので、あらためて用意する必要はありません。

必要なのは、筆記用具だけです。

第一章 俳句って何でしょう

—リズムをつかもう‼—

俳句のおもしろさは、五・七・五のリズムからはじまります。

1 まずは五・七・五のリズム

俳句は五・七・五の十七文字で表す世界でもっとも短い詩といわれています。では、なぜ五・七・五なのでしょう。それは、一番わかりやすい日本語のリズムだからです。

五・七・五というリズムに乗せると何でもないことも素敵に感じ、気分がよくなります。したがって、この七五調のリズムは、よく校歌の詞に使われたり、標語にも使われます。例えば、

「飛びだすな　車は急に　止まれない」

という標語は、口に出していってみると、心地よいリズムですぐ覚えられます。それは、リズムに言葉が乗っていること自体に心地よさがあるからです。俳句は、この五・七・五のリズムによる心地よい十七音の詩なのです。

それでは、とりあえず、標語でも、日頃思っていることでも、ことわざでもいいですから、五・七・五の十七音のリズムで作ってみましょう。

高い寿司　いつかいっぱい　食べてやる

顔洗う　めがねはどこへ　いったやら

がんばるわ　便秘がなおる　その日まで

①　朝起きて寝るまでの一日のことをまとめて、箇条書きにしてみましょう。

・（例）朝、尿意をもよおし目が覚めたが、まだ眠かったのでがまんして、また寝た。
・
・
・
・
・

②　①で書き出したことを、五・七・五にまとめてみましょう。

名前（　　　　　　）

五	七	五
（例）まだねむい	トイレに行くの	まだはやい

2 楽しく五・七・五の川柳を作ってみよう

俳句と違い、川柳は季語を入れる必要がないので、簡単に作ることができます。五・七・五のリズムに慣れたところで俳句を詠んでみましょう。

川柳は身近な人とからむもので、クスリと笑いを誘うものを詠みます。とりあえず身の回りの人とからむものを、ユーモアを取り入れて五・七・五にしてみましょう。

最近の出来事で何か感じたことを箇条書きにしてみましょう。

（例）同期の忘年会があって盛り上がった。話の中で浮気が女房に見つかってひどい目に遭った者がいた。仲間の中に駆け落ちして一緒になったのに最近別れた者がいた。買い物に行ったがカードがいっぱいあって、どのカードかわからなくなった。年金暮らしで、することがなく、寝て起きてテレビを見て、また寝るだけだ。

そして、これらの話を参考にして川柳を作ります。まずは気軽に作りましょう。

死のうかと　言った二人が　もう他人

どれがこれ　何のカードか　わからない

起きたけど　何も用なし　また眠る

①　最近の出来事をまとめて箇条書きにしてみましょう。

・
・
・
・
・
・

②　①で書き出した出来事を五・七・五の川柳にしてみましょう。

名前（　　　　　　）

五	七	五

③　お気に入りの川柳を一つ選んでおきましょう。

メガネ
メガネ
カード

第二章　季語について

―歳時記―

季語は季節ごとに分かれた言葉。
それを集めたのが歳時記です。

1 季節感のある言葉

俳句を作るのに二つの約束があります。一つは、季語を入れて作ります。もう一つは、五・七・五の十七音で作ります。

では、「季語」とは何でしょう。

季語とは特定の季節を表す言葉です。日常生活で季節を感じさせるものや事柄が季語になっています。例えば、春は風も暖かく気持ちよく感じ、桜やタンポポが咲き、蝶々が飛んだりします。このように春を感じるものの言葉が季語です。ですから、「春の風」「暖か」「桜」「タンポポ」「蝶々」はそのまま春の季語です。

季語はさまざまなものを表し、イメージをふくらませ、伝えていきます。ですから季語は、十七音という短い俳句の中で、想像力を広げるもっとも大切なものです。

それでは、まず季語はどれで、季節はいつか、次の句から探してみましょう。

①　旅に病《やん》で　夢は枯野《かれの》を　かけ廻《めぐ》る　松尾芭蕉《まつおばしょう》

季語（　　　）　季節（　　　）

②　家々の　間合《まあい》ゆたかや　夕ざくら　今井弘雄

季語（　　　）　季節（　　　）

③ 名月を　とって《とって》くれろと　泣く子かな　小林一茶《こばやしいっさ》

季語（　　　　）　季節（　　　　）

④ 暑き日を　海にいれたり　最上川《もがみがわ》　松尾芭蕉

季語（　　　　）　季節（　　　　）

⑤ 梅雨《つゆ》の蝶　葉がくれに翅《はね》　ひろげたり　今井弘雄

季語（　　　　）　季節（　　　　）

⑥ 順礼《じゅんれい》や　稲刈るわざを　見て過《よぎ》る　正岡子規《まさおかしき》

季語（　　　　）　季節（　　　　）

⑦ うぐひ《い》すの　啼《な》くやちひ《い》さき　口明《くちあ》いて　与謝蕪村《よさぶそん》

季語（　　　　）　季節（　　　　）

※①〜⑦の答えは15、16ページ。

2 歳時記について

歳時記とは、俳句で季節分けした季語を分類して解説や例句を示した書のことです。

歳時記の中身は、春、夏、秋、冬、新年に分け、それぞれ時候、天文、地理、生活行事、植物、動物と分類されていて、並び方もほとんど暦の順になっています。例えば、春は早春の二月、仲春の三月、晩春の四月となっています。そして、その季語ごとに例句や傍題も載っています。

（例）「如月（きさらぎ）」梅見月《うめみづき》、初花月《はつはなつき》、雪消月《ゆきげしづき》

陰暦二月の異称で、「草木の萌え出づる月」。語感に固さがあり、また、一度脱いだ着物をさらに着重ねるかのような意味にも解されるので、三月になってもなお寒さを感じるときに使いたい。

如月《きさらぎ》や　きしきし軋《きし》む　家の闇《やみ》　　今井弘雄

このように俳句には季語が必要で、季語の資料になる本が「歳時記」または「季寄せ」です。

ただ注意しなくてはならないのは、俳句の季節は「旧暦」を使います。したがって現在生活している季節と少しずれることがあります。例えば、三月三日を桃の節句といいますが、実際には桃の花は三月三日に咲いていません。旧暦で考えると、三月は新暦（現在）の四月にあたりますから、ちょうど桃の花の咲く頃になります。

少し俳句づくりがわかったら、自分に合った歳時記を探しましょう。

歳時記は読んでいるだけで、今まで気づかなかった季節の風景に出会うことができます。

＊12、13ページの答え

①　旅に病で　夢は枯野を　かけ廻る　松尾芭蕉

季語（　枯野　）　季節（　冬　）

②　家々の　間合ゆたかや　夕ざくら　今井弘雄

季語（　夕ざくら　）　季節（　春　）

③　名月を　とってくれろと　泣く子かな　小林一茶

季語（　名月　）　季節（　秋　）

④　暑き日を　海にいれたり　最上川　松尾芭蕉

季語（　暑き　）　季節（　夏　）

⑤ 梅雨の蝶　葉がくれに翅　ひろげたり　今井弘雄

季語（　梅雨　）　季節（　夏　）

⑥ 順礼や　稲刈るわざを　見て過る　正岡子規

季語（　稲刈る　）　季節（　冬　）

⑦ うぐひすの　啼くやちひさき　口明いて　与謝蕪村

季語（　うぐひす　）　季節（　春　）

第三章

いよいよ俳句を作る!!

―身の回りのものから詠《よ》む―

1 俳句は誰でも簡単に作れる

俳句は、一番大切な基本を守れば誰にでも、簡単にその日から作れます。前にも申し上げたとおり、一つは、

五・七・五 のリズム

もう一つは、

季語 を入れること

これだけです。

江戸時代の有名な俳人の松尾芭蕉《まつおばしょう》は「俳句は小さな子どもにさせるがよい」(三冊子《さんぞうし》)といっています。ということは、子どもでも作れるもので、けっして難しくないということです。ましてや人生の経験の深い大人は、いろいろと体験をしてきたり知識もあります。ですから、いますぐにでも作れます。

誰もが、何かを始めようとするとき、何も知らないところから始めます。いま俳人といわれる人も、はじめは何も知らなかったところから始めたわけです。そんなわけで、誰でも俳句を知らなかったときがあり、そこから第一歩を歩き始めるのです。

さあ、一緒に始めましょう。

> 最初の五音を「上五《かみご》」、真ん中の七音を「中七《なかしち》」、最後の五音を「下五《しもご》」といいます。

2 身の回りから作る

俳句を作るとき「さあ、やるぞ」とかまえて作るのではなく、日常の暮らしの中でふと感じたことを詠むようにしましょう。俳人の正岡子規《まさおかしき》の句で「毎年よ彼岸《ひがん》の入《いり》に寒いのは」という句があります。これは子規の母が何気なくいった言葉をそのまま句にしたものです。このように、はじめから難しく考えないで、日頃の暮らしの中の身の回りのことから感じたことを句にしてみましょう。

朝起きて、日差しがまぶしかったり、気持ちのいい日だったり、また雨がしとしと降って静かだったり、庭には花が咲いていたり、風が吹いて木々の葉が揺れていたり、通学の子どもたちの声が聞こえたり、台所からパンの焼ける匂《にお》いがしたり、また外に出かけ散歩を楽しんだり、人と会話をしたり、そんなところから小さな感動を詠んでみましょう。

〈仮名遣《かなづか》い〉　現代仮名遣いでも、古典仮名遣いでもかまいません。お好きなほうで書いてください。

俳句は
子どもにさせるがよい
（三冊子）
松尾芭蕉
毎年よ
彼岸の入《いり》に
寒いのは（母）
正岡子規

第四章

まず季語を使って作ってみましょう

1 春の季語を使って①

はじめに、俳人の句を読んで「ああ、春の句はこうして詠むのだ」と考えるヒントにしましょう。

故郷《ふるさと》や　どちらを見ても　山笑ふ《やまわらう》　正岡子規

「山笑ふ」は春の季語で、木々が芽吹いて山が明るい色になり、山が笑っているみたいだという季語です。子規は久しぶりに故郷の松山に帰ったとき、故郷の山々が歓迎してくれているようであったと感じたのでしょう。

雀《すずめ》の子　そこのけそこのけ　御馬《おうま》が通る　小林一茶

この句は、いつも弱い者に味方する一茶が、春に生まれたひな鳥に話しかけるように「馬が通るから危ないので早くどきなさい」といっている、やさしい句です。ひな鳥は春に生まれ、二週間ほどで巣立ちます。季語は「雀の子」です。

では、けっしてこの二句にこだわらないで、なんとなく参考にしながら自分の句を詠んでみましょう。

◎なお、よく使う春の季語は76～77ページにあるので参考にしてください。

① 最近、身の回りで春を感じたことを箇条書きにしてみましょう。

・
・
・
・
・
・

② ①で感じたことを、春の季語を入れて五・七・五で詠んでみましょう。

名前（　　　　　　　　）

五	七	五
(例) われひとり	誰に甘えん	春の風邪《かぜ》

③ 自分で一番気に入った句に○をつけましょう。後で句会に出します。

2 春の季語を使って②

次に、季語をしぼって詠んでみましょう。俳句ではよく見て、対象を一つにしぼって詠むことが大切です。春といえば「桜」です。そして俳句では「花」といえば「桜」のことをいいます。桜の花ひとつにしても、いろいろな季語があります。「桜」は国花として日本人に親しまれている花です。その中で染井吉野《そめいよしの》は一番普及している桜です。早咲きでは「彼岸桜《ひがんざくら》」、その次に「染井吉野」「山桜《やまざくら》」、少し送れて「八重桜《やえざくら》」になります。また、朝や昼、夜と花を見る時刻によっても、それぞれ特色があります。それをしっかり見て詠みましょう。

では、次の俳句をヒントにしてみましょう。

見かぎりし　古郷《こきょう》の桜　咲きにけり　小林一茶

一茶は何か事情があって古郷（故郷）を出ることにしましたが、その故郷に未練が残り振り返ってみると、生まれ育った故郷の桜が咲いていたという句です。

花を踏《ふみ》し　草履《ぞうり》も見えて　朝寝かな　与謝蕪村

朝寝して目覚めてみるとそこに草履があった、草履には「桜」の花弁《はなびら》がついていたという発見を句にした、おもしろい句です。「花」といえば「桜」です。

では、次ページの「花」の季語の中から選んで詠んでみましょう。

○「花」に関する季語と季語の説明

・初花《はつはな》―春に始めて咲く桜　・八重桜―八重に咲く桜　・山桜―山中に咲く桜　・彼岸桜―彼岸の頃に咲く桜
・しだれ桜―枝が垂れ下がっている桜　・朝桜《あさざくら》　・夕桜《ゆうざくら》　・夜桜《よざくら》　・花吹雪《はなふぶき》―吹雪のように舞う桜
・花盛り―満開の桜　・花明《はなあか》り―花が咲き夜でも明るく見えること　・花守《はなもり》―花を守る人

① 右の季語を使って詠んでみましょう。

名前（　　　　）

五	七	五
(例) 乳母車《うばぐるま》	子の手をのばす	花の昼

② 自分で一番気に入った句に○をつけましょう。後で句会に出します。

3 夏の季語を使って①

はじめに、俳人の句を読んで「ああ、夏の句はこうして詠むのだ」と考えるヒントにしましょう。

寝せつけし　子のせんたくや　夏の月　小林一茶

寝かしつけた子の着物は汗臭い。そこで、子どもが寝たので洗濯した。外には夏の月が輝いていたという、夏の夜のひとこまを詠んでいます。現代にも通じる句です。季語は「夏の月」。

其人《そのひと》の　足跡ふめば　風かをる《お》　正岡子規

「其人」とは誰を示すのか、それは読み手の想像に任せることですが、作者にとって大切な人、忘れられない人でしょう。その人の足跡を踏めば、やわらかな南の風がかおってきた、という句です。季語は「風かをる」です。

では、けっしてこの二句にこだわらないで、なんとなく参考にしながら自分の句を詠んでみましょう。

◎なお、よく使う夏の季語は78～79ページにあるので参考にしてください。

①　最近、身の回りで夏を感じたことを箇条書きにしてみましょう。

・
・
・
・
・
・

②　①で感じたことを、夏の季語を入れて五・七・五で詠んでみましょう。

名前（　　　　　　　　）

五	七	五
(例) くちなしや	庭闇《にわやみ》白き	匂《にお》い立つ

③　自分で一番気に入った句に○をつけましょう。後で句会に出します。

4 夏の季語を使って②

次に、季語をしぼって詠んでみましょう。俳句ではよく見て、対象を一つにしぼって詠むことが大切です。暑い夏の生活の身の回りの季語から詠んでみましょう。暑い夏といっても、朝と昼と夜では温度が違います。また、家の中や外でも違います。身の回りで気づいたことから詠んでみましょう。

では、次の俳句をヒントにしてみましょう。

衣更《ころもかえ》て　坐《すわ》つて見《て》ても　ひとりかな　小林一茶

「衣更《ころもか》ふ」が季語です。夏の薄物の着物に取り替えてみても、誰も見てくれる人もなくて、立ってみても座ってみても一人しかいないという、どこかさびしい句ですが、雰囲気はよく出ている句です。

清瀧《きよたき》の　水くませてや　ところてん　松尾芭蕉

清らかな滝の見える茶店で、その滝の冷たい水を汲んで作った「ところてん」を食べているという、いかにも涼しくおいしそうな句です。季語は「ところてん」です。

では、次ページの夏の生活の季語を使って詠んでみましょう。

◯よく使われる夏の生活の季語

・更衣《ころもがえ》―夏服に替えること　・団扇《うちわ》　・浴衣《ゆかた》　・夕涼み　・水遊び　・打水《うちみず》―水まき　・花火　・昼寝
・籐椅子《とういす》―籐の茎で作った風通しのいい椅子　・香水―汗や体臭を消す香料　・梅干　・心太《ところてん》　・鮨《すし》　・冷奴《ひややっこ》
・ラムネ　・胡瓜《きゅうり》もみ　・海水浴　・ヨット　・サングラス　・水中花　・日傘《ひがさ》　・風鈴《ふうりん》　・ビール

① 右の季語を使って詠んでみましょう。

名前（　　　　）

五	七	五
(例) 湘南《しょうなん》の	海澄みわたる	ヨットかな

② 自分で一番気に入った句に◯をつけましょう。後で句会に出します。

5 秋の季語を使って①

はじめに、俳人の句を読んで「ああ、秋の句はこうして詠むのだ」と考えるヒントにしましょう。

名月を　とつて《とって》くれろと　泣く子かな　　小林一茶

秋の満月を中秋の名月といいます。秋の月は一年で一番美しいともいわれています。したがって「お月見」も秋の季語です。この句は子どもがお父さんなら、あの大きな美しい月も取ってくれるはずだといって泣く子を詠んだ一茶の名句です。季語はもちろん「名月」です。

此道《このみち》や　行く人なしに　秋の暮《くれ》　　松尾芭蕉

この句は、ふと自分の歩いている道を見ると、秋の日ははや暮れてきており、誰も歩いていく人がいないという抒情句ととられていますが、芭蕉が「此道」に「俳句の道」をかけて詠んでいる名句といわれています。季語は「秋の暮」。

このような句がすぐにできるわけではありません。でも、参考になります。では、自分なりに詠んでみましょう。

◎なお、よく使う秋の季語は79～80ページにあるので参考にしてください。

①　最近、身の回りで秋を感じたことを箇条書きにしてみましょう。

・
・
・
・
・
・

②　①で感じたことを、秋の季語を入れて五・七・五で詠んでみましょう。

名前（　　　　　　　　）

五	七	五
(例) 窓一つ	秋の灯《ひ》ともる	守衛室

③　自分で一番気に入った句に○をつけましょう。後で句会に出します。

6 秋の季語を使って②

次に、季語をしぼって詠んでみましょう。俳句ではよく見て、対象を一つにしぼって詠むことが大切です。

秋といえば、野山の紅葉がきれいな季節です。ななかまどやかえでのように真っ赤になる木や、銀杏《いちょう》のように黄色に染まる木もあります。「秋の夕日に照る山もみじ」（「紅葉」高野辰之作詞）と歌われているように、日本の秋を代表する景色です。

それでは、次の俳句をヒントにしてみましょう。

大寺の　片戸《かたど》さしけり　夕紅葉《ゆうもみじ》　小林一茶

夕暮れに戸を閉めようとしたが、夕日にけぶる紅葉がきれいで、片方の戸を閉めていなかったという、大きな寺の夕暮れを呼んでいる抒情句です。季語は「夕紅葉」です。

むら紅葉《もみじ》　会津商人　なつかしき　与謝蕪村

とある村を通ったとき、村の周りの山の木々はもうみな紅葉であった。そのとき、ふと逢った会津の商人を思い出しなつかしく思ったという句です。季語は「むら紅葉」。

では、これらの句をヒントに、「もみじ」の句を詠んでみましょう。

○紅葉・黄葉に関する季語

・紅葉《もみじ》　・黄葉《もみじ》　・夕紅葉　・柿紅葉　・朴《ほお》紅葉　・銀杏《いちょう》黄葉《もみじ》　・照《てる》紅葉　・蔦《つた》紅葉　・初紅葉　・葦《あし》紅葉
・薄紅葉　・紅葉狩《がり》

① 右の季語を使って詠んでみましょう。

名前（　　　　　　　　）

五	七	五
(例) 廃校の	鉄棒の下	草《くさ》紅葉

② 自分で一番気に入った句に○をつけましょう。後で句会に出します。

7 冬の季語を使って①

はじめに、俳人の句を読んで「ああ、冬の句はこうして詠むのだ」と考えるヒントにしましょう。

葱白く《ねぶか》　洗《あら》ひたてたる　さむさ哉《かな》　松尾芭蕉

季語は「葱」です。とりたての葱《ねぎ》を川で洗ったら、葱の白さが際立ってきた。そこに寒さを感じた、という句です。

風呂吹《ふろふき》や　小窓を圧《あっ》す　雪曇《ゆきぐもり》　正岡子規

季語は「風呂吹」。「風呂吹」は「ふろふき大根」のこと。熱々のふろふき大根を食べている部屋の小窓からは圧するような雪曇の空が見える。それが寒さを余計に感じさせる、という句です。

では、けっしてこの句にこだわらないで、これを参考にして自分の句を詠んでみましょう。

◎なお、よく使う冬の季語は76、81ページにあるので参考にしてください。

① 最近、身の回りで冬を感じたことを箇条書きにしてみましょう。

・
・
・
・
・

② ①で感じたことを、冬の季語を入れて五・七・五で詠んでみましょう。

名前（　　　　　　　　）

五	七	五
(例) 居酒屋を	出ればあおあお	冬の月

③ 自分で一番気に入った句に○をつけましょう。後で句会に出します。

8 冬の季語を使って②

次に、季語をしぼって詠んでみましょう。俳句ではよく見て、対象を一つにしぼって詠むことが大切です。

暖房のために着るものにしぼって詠んでみましょう。暖房のために着るものといっても、雪の降る北国と南の国では感じる寒さが違いますから着るものも違います。また、同じ場所でも寒さの度合いによっていろいろと着るものは違ってきます。

では、次の俳句をヒントに考えてみましょう。

着ぶくれて　順番を待つ　宝くじ　今井弘雄

いっぱい重ね着をして年末宝くじ売り場で順番を待っているひとこまです。季語は「着ぶくれ」です。

幼《おさ》な子《ご》の　指ひとつづ《ず》つ　手袋に　今井弘雄

三つになったばかりの幼な子が、防寒のために手袋をはめている。この年齢になると何でも自分でやりたがります。自分で手袋の指に一本ずつ指をはめている様子を詠んでいます。季語は「手袋」です。

では、次の季語を使って詠んでみましょう。

○暖房着に関する季語

・綿入《わたいれ》―綿を入れた着物　・襟巻《えりまき》　・ショール　・ほおかむり　・どてら―綿を入れたたんぜん
・ねんねこ―赤ん坊のおんぶ用の袢纏《はんてん》　・角巻《かくまき》―雪国の婦人が使う防寒用の肩掛け　・手袋　・綿帽子《わたぼうし》
・着ぶくれ―重ね着でふくれている姿　・ちゃんちゃんこ

名前（　　　　　　）

① 右の季語を使って詠んでみましょう。

五	七	五
(例) 行商の	魚《うお》売《う》る婆《ばば》の	ちゃんちゃんこ

② 自分で一番気に入った句に○をつけましょう。後で句会に出します。

9 新年の季語を使って①

はじめに、俳人の句を読んで「ああ、新年の句はこうして詠むのだ」と考えるヒントにしましょう。

正月の　人あつまりし　落語かな　　正岡子規

季語は「正月」です。お正月の寄席《よせ》には人が大勢来て立見席までできます。その様子を素直に詠んだ句です。

日の暮《くれ》に　凧《たこ》も揃《そろ》ふや　町の空　　小林一茶

季語は「凧」。日暮れになって、町のあちこちに凧をあげている人がふえた。町の空もおめでたく、にぎわっているという句です。

では、けっしてこの句にこだわらないで、これを参考にして自分の句を詠んでみましょう。

◎なお、よく使う新年の季語は76ページにあるので参考にしてください。

① 最近、身の回りで新年だなあと感じたことを箇条書きにしてみましょう。

・
・
・
・
・

② ①で感じたことを、新年の季語を入れて五・七・五で詠んでみましょう。

名前（　　　　　　　　）

五	七	五
(例) 母と子の	おはじきあそび	お正月

③ 自分で一番気に入った句に○をつけましょう。後で句会に出します。

10 新年の季語を使って②

次に、お正月の遊びの季語にしぼって詠んでみましょう。俳句ではよく見て、対象を一つにしぼって詠むことが大切です。

お正月は家族で家で遊んだり、元気な子どもは外で遊んだり、楽しいことばかりです。そこにしぼって詠んでみましょう。

では、次の俳句をヒントに考えてみましょう。

いまありし　鼻をさがして　福笑《ふくわらい》　今井弘雄

季語は「福笑」です。福笑いをもう一度しようとしたら、鼻が見当たらず、みんなで探している様子を詠んだ句です。

さいころに　驚く猫や　絵双六《えすごろく》　今井弘雄

季語は「絵双六」です。江戸双六は、江戸から出発して京で上がりになります。そこへ行くまでサイコロをふりつつ進んでいきます。その途中の絵を楽しみながら遊んでいる様子がよくわかる楽しい句です。

では、次の季語を使って詠んでみましょう。

○お正月の遊びに関する季語

・独楽《こま》　・歌留多《かるた》　・絵双六　・羽根つき　・追羽根《おいばね》　・羽子板《はごいた》　・福笑い　・手毬《てまり》
・べい独楽《ごま》　・正月の凧《たこ》

①　右の季語を使って詠んでみましょう。

名前（　　　　　　　）

五	七	五
(例) 手のふれて	顔赤くなり	歌留多《かるた》取り

②　自分で一番気に入った句に○をつけましょう。後で句会に出します。

ふくわらい

第五章

俳句づくり、実践の基本

「切れ」と「切れ字」
取り合わせ
よく観察する
推敲《すいこう》と添削《てんさく》
吟行《ぎんこう》について

1 俳句の「切れ」と「切れ字」について

俳句は「切れ」や「切れ字」が大切だといわれています。

それでは、「切れ」と「切れ字」はどんなものなのでしょうか。わかりやすくいえば、「切れ」を作るのが「切れ字」です。

では、「切れ」とは何でしょう。

俳句は十七音の短い詩なので、言葉をたくさん使うことができません。小説のように言葉をたくさん使って詩情を表現することはできません。そこで俳句の場合は、言葉を一回切ってその後に続く気持ちや情景を省略し、限られた中におさめます。ですから、俳句は省略の文学ともいわれます。そして省略された部分は読み手が想像して読み取ります。

この一回切ることを「切れ」といいます。

ある人は「切れ」は絵でいえば「余白」であるといいます。詰め込んだ絵には余裕がなくて見ていて俳句のような余情が感じられないのだそうです。

「切れ字」は「切れ」に余韻や感動を込める「語」のことをいいます。代表的な「切れ字」は「や」「かな」「けり」です。

☆「や」は、付いている語を強調し、感動や詠嘆を表すことで次の句の流れが一瞬の間切れて、さまざまな感動をさせる「語」です。

梅が香《か》や　どなたが来ても　欠け茶碗　小林一茶

この句は、誰が来ても貧乏で欠けた茶碗でお茶を出す、その失礼を補うくらい梅の香りがすばらしいと詠んでいます。「や」で切れることで「梅の香」を強調しています。

☆「かな」は、一句の最後に付けて、感動と詠嘆の意を表します。「だなあ！」「なあ！」という意味です。

おもしろうて　やがてかなしき　鵜舟《うぶね》かな　松尾芭蕉

この句は、はじめは鵜が上手に鮎を取るのをおもしろいと思って見ていたが、しだいにそんな人間の業《ごう》が悲しくなってきたという詠嘆の句です。

☆「けり」という助動詞はよく使います。過去を回想したり、詠嘆的にいうときに使います。

若鮎《わかあゆ》の　二手《ふたて》になりて　上《のぼ》りけり　正岡子規

この句は、春、若鮎が二つの群れになって勢いよく川をさかのぼっている、若い魚のすばらしさを詠んでいる詠嘆の句です。

また、「切れ」は「や」「かな」「けり」のような「切れ字」がなくてもいいのです。「切れ」には、ほかに「名詞切れ」というのもあります。それは、「切れ字」がなくても「切れ」の機能が働けばいいのです。前にもいいましたが、言葉を一回切ることにより、一瞬の間《ま》があって、次に余韻で想像を広がせればよいのです。ですから、「切れ」は「切れ字」のほかに、名詞、動詞で切ってもいいのです。

（例）　※〰は切れ字、もしくは切れの部分。

暑き日を　海にいれたり　最上川《もがみがわ》　松尾芭蕉

秋深き　隣《となり》は何をする人ぞ　松尾芭蕉

小鳥来る　音うれしさよ　板びさし　与謝蕪村

目出度《めでた》さも　ちう《ちゅう》位《くらい》なり　おらが春　小林一茶

痩蛙《やせがえる》　まけるな一茶　是《これ》に有り　小林一茶

春の海　入込《いりこ》みこゝ《こ》を　油壺《あぶらつぼ》　高浜虚子《たかはまきょし》

①　では、「切れ字」または「切れ」を入れて、とりあえず五・七・五で作ってみましょう。

※一般的な切れ字……「や」「かな」「けり」「たり」「をり」「なり」「ぞ」

名前（　　　　　　　　　　　　）

五	七	五
(例) たんぽぽや	学校帰りの	回り道
(例) ほうれん草	鰹節《かつおぶし》削《けず》る	男かな
(例) 花の朝	仏飯《ぶっぱん》庭《にわ》に	撒《ま》きにけり
(例) 花菖蒲《はなしょうぶ》（名詞切れ）	渡し待つ間《ま》の	川の風

②　自分で一番気に入った句に〇をつけましょう。後で句会に出します。

2 取り合わせについて

① 俳句の楽しさを生む「取り合わせ」

俳句には「取り合わせ」という方法があり、これが俳句の楽しさを生みます。俳句には「切れ」があって余韻が生まれるわけですが、「切れ」によって切られた言葉に異質なものをぶつけることにより、相乗効果が生まれ、いい句が生まれます。例えば、

荒海《あらうみ》や　佐渡《さど》によこたふ《う》　天河《あまのがわ》　　松尾芭蕉

この「荒海」と「天の川」を取り合わせることで、目の前に大きな景色が広がります。この取り合わせは、まったく異質なものでありながら、大自然の雄大さが現れています。もう一つの例として、

秋の夜《よ》や　旅の男の　針仕事　　小林一茶

この句は、「秋の夜」と「男の針仕事」とを取り合わせているところがおもしろいです。旅の空の下、男が針仕事をしている哀れさが見えてきます。それが「春の宵《よい》」でなく、「秋の夜」だから、おかしさと、しみじみとしたわびしさを感じさせます。

このように取り合わせは、意外なものを組み合わせるとおもしろい情のある句ができあがります。しかし、あまりかけ離れて意味が通じない独りよがりもいけません。さりとて、「雨」に「傘《かさ》」みたいに近すぎてもいけません。

俳句の醍醐味《だいごみ》は取り合わせの妙だといわれています。

では、「取り合わせ」の句を作ってみましょう。まず「季語」を選び、まったく関係のないものと組み合わせましょう。

名前（　　　　）

五	七	五
(例) 菜の花や	駆け出して行く	ランドセル

※自分で一番気に入った句に○をつけましょう。後で句会に出します。

②　季節の自然に、身の回りのものを取り合わせる

例えば、「春の風」にも、いろいろあります。早春と、春の終わりでは違っています。吹き方も、感じ方も違います。それぞれ微妙に違います。それが、朝だったり昼だったり、夕方だったり夜だったりでも違います。季語でも少しずつ違います。「東風《こち》」「春一番」「春疾風《はるはやて》」それぞれニュアンスが違います。

それは風ばかりでもありません。雨でも違います。「春雨《はるさめ》」と「春時雨《はるしぐれ》」ではまったく感じが違います。降り方によって違ってくるわけです。

木々も違います。芽吹きの頃と、若芽の頃ではまったく感じが違います。

そんな季語に身近なものを取り合わせると、おもしろい俳句ができあがります。

春を感じた暖かい風、まだ名ばかりで冷たい風、強い東風、春一番に吹く強い南風、これらの風と日頃の暮らしのできごと、または感じたことを取り合わせます。大きなものには小さいもの、緑の草原には小さいきれいな花などを取り合わせると、鮮やかなイメージの俳句になります。

（例）

蛸壺《たこつぼ》や　はかなき夢を　夏の月　松尾芭蕉

蛸壺という蛸を取るための小さな壷の中で、捕まえられたことも知らずに夜空にはかない夢を見ているという句です。大きな夏の夜空と小さな蛸壺の取り合わせで、すばらしい句に仕上がっています。

流れ行く　大根の葉の　早さかな　高浜虚子

川上で誰かが採ったばかりの大根を洗ったのであろう、その大根の葉のひとかけらが流れてきた。川の流れの速さを大根の葉の流れで表現している名句です。

悲しさや　釣《つり》の糸吹く　秋の風　与謝蕪村

秋の風という大きなものに、釣り糸の揺れを取り合わせたところが、すばらしい句です。

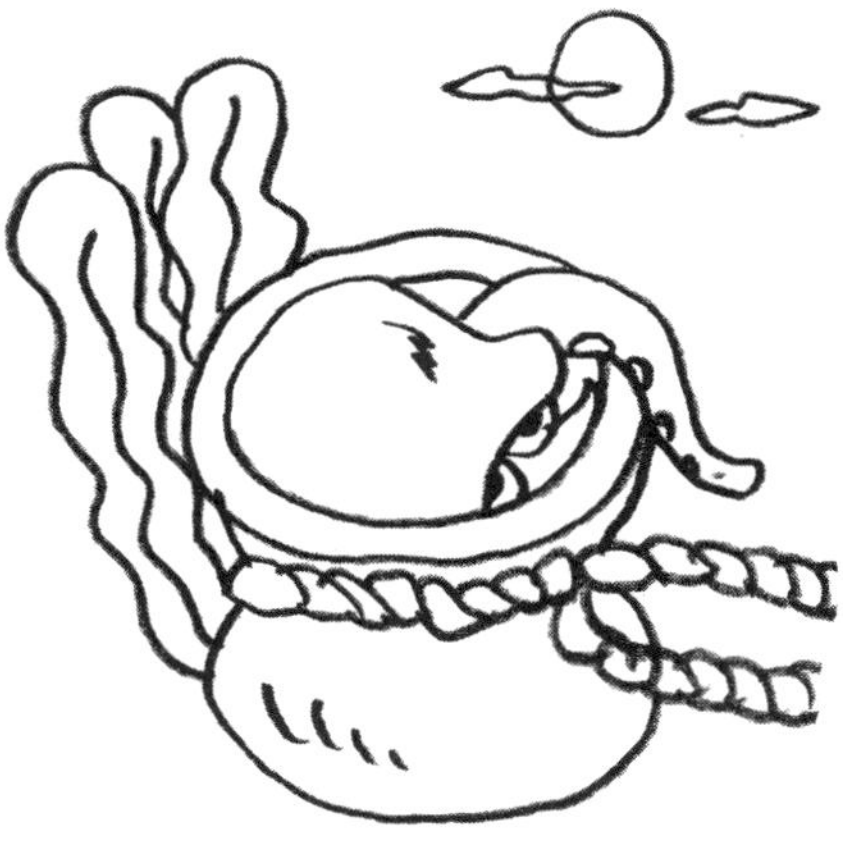

それでは、季節の自然と身の回りのものを取り合わせて作ってみましょう。まず春の季語から「春風」です。「ああ、春の風だな」と感じたときのことを、次のように暮らしの中から具体的に書き出してみましょう。

・土手の上を駆けている子どもを見たとき　・自転車で買い物に行ったとき　・花屋で春の花を見たとき
・部屋の窓を開けたとき　・洗濯物を干したとき　・公園でベンチに座ったとき　・裏山の木々を見たとき
・小鳥たちの鳴き声を聞いたとき　・散歩したとき　・外でランチを食べたとき　・郊外の電車に乗ったとき

名前（　　　　）

五	七	五
(例) 春風や	子ども駆けだす	土手の上

※自分で一番気に入った句に○をつけましょう。後で句会に出します。

では、次は夏の自然です。季語は「夕立《ゆうだち》」にします。夕立にあったときの身の回りはどんな感じでしたか。次のように具体的に書き出してみましょう。

・電車道を猫がぬれながら横切った　・みんな軒下に駆け込んだ　・夕立があがったら虹が出た
・道がきれいになり涼しくなった　・夕立の中、子どもは駆けていた　・畑がみずみずしくなった
・ホームのベンチもぬれていた　・相合傘《あいあいがさ》の若い二人が肩を寄せていた　・雨上がりの夕焼け空がきれいだった

名前（　　　　　　）

五	七	五
(例) 夕立や	猫の横切る	電車道

※自分で一番気に入った句に○をつけましょう。後で句会に出します。

次は秋です。季語は「虫の声」です。「こほ《お》ろぎ」「鈴虫」「松虫」「きりぎりす」でもいいことにしましょう。これらの虫の声を聞いたとき、何を感じましたか。次のように具体的に書き出してみましょう。

・裏山の大林の闇　・何となくわびしさを感じる　・大寺の縁の下　・若き日の恋　・追憶　・静けさ
・納屋《なや》の農具　・過疎《かそ》の村　・ひとり暮らしの寂しさ　・亡き父母のこと　・故郷のこと　・路地裏

名前（　　　　）

五	七	五
(例) 虫の声	だあれも居《い》ない	山の闇

※自分で一番気に入った句に○をつけましょう。後で句会に出します。

次は冬です。冬といえば「雪」です。雪にもいろいろな雪があります。粉雪《こなゆき》、べと雪、ざらめ雪、大雪、小雪、細《ささめ》雪《ゆき》。その他、雪空、雪晴《ゆきばれ》、雪曇《ゆきぐもり》、雪景色、雪国。それらすべてをふくめていいでしょう。雪の日のできごとや身の回りに感じたことを、次のように具体的に書き出してみましょう。

・道端の仏の顔に降りかかる雪　・雪ごもり　・吹雪《ふぶき》の道の通学　・雪の日の買い物　・雪遊び　・雪見酒
・都会のビルの雪　・雪国の温泉　・枯れ枝に雪　・どこかから聞こえる鶴の声　・子どもの頃の雪の思い出

名前（　　　　　　）

五	七	五
(例) 野仏《のぼとけ》の	お顔の涙	ざらめ雪

※自分で一番気に入った句に○をつけましょう。後で句会に出します。

3 よく見て観察する―一点集中の句づくり―

俳句は自分の目でよく見て観察することが大切です。

話は変わりますが、いま、みなさんのように俳句を詠む人が多くなったのは、明治時代の正岡子規の果たした役割が大きかったからです。子規は、俳句をそれまでの「梅に鶯《うぐいす》」のような類型でなく、写生という詠《よ》み方を提唱しました。その写生とは、自分の目でありのまま見て、表現する方法です。

しかし、俳句の十七音ですべてを写生するのは不可能です。俳句には大きなキャンバスはなく、長い文章でもありません。そこで俳句を詠むには一点に集中し、どこかをクローズアップして、よく見てじっくりと観察し、言葉をさがして表現することが大切です。

では、例を見てみましょう。

椿《つばき》落ちて　きのふ《う》の雨を　こぼしけり　与謝蕪村

椿は花弁《はなびら》を散らすことをせず、花ごとぽとんと落とします。その花が落ちたとき、花の中にたまっていた雨がこぼれた一瞬を見て詠んでいます。

やれ打《うつ》な　蝿《はえ》が手をする　足をする　小林一茶

止まっている蝿の様子を見ると、蝿が手をすったり、足をすったりしているのが見えたという、クローズアップが効いた句に仕上がっています。

それでは、ちょっと難しくなってきましたが、一点集中の句づくりに挑戦してみましょう。まずは、しっかりと観察しましょう。

名前（　　　　　　　　　　）

五	七	五
(例) 大寒《だいかん》や	気づけば爪《つめ》の	割れており

※自分で一番気に入った句に○をつけましょう。後で句会に出します。

4 推敲《すいこう》と添削《てんさく》について

俳句を作り上げるのに大切なことは、何度も読み返して推敲と添削を繰り返し完成させていくことです。

推敲とは、充分に吟味して練り直すことをいいます。添削とは、書き加えたり削ったりして改めることをいいます。

有名な俳人の名句でも、何度も推敲と添削を繰り返して完成しています。例えば、松尾芭蕉の

閑《しずか》さや　岩にしみ入《いる》　蝉《せみ》の聲《こえ》

は、はじめは

山寺や　石《いわ》にしみつく　蝉の聲《こえ》

から

さびしさや　岩にしみ込《こむ》　蝉のこゑ《え》

と推敲していき、最後にいまの句になったわけです。

このように、どんな俳人でもたくさんの駄句《だく》の中から何度も推敲して作り上げていきます。俳句はいろいろ試行錯誤して作り上げていきます。推敲や添削を重ねていくうちに何かを見出すことができます。

でも、すぐに推敲や添削はできません。まず、コツをつかみましょう。

①　声に出して読んでみてリズムを整える

まず自分で読んでみて、心に響いてこないリズムの場合、どこがおかしいのか何度も声に出してリズムを確かめます。例えば、

秘湯《ひとう》の里《さと》　川音耳《かわおとみみ》に　眠られず

という句。上句六音は許されることもありますが、これでは読んでいてもいかにもリズムがよくありません。「秘湯の里」といわず「湯の里」にするとリズムがよくなります。それに「川音」より「沢音」のほうが音《おん》がいいと思います。したがって、

湯《ゆ》の里《さと》の　沢音《さわおと》耳に　眠られず

としたほうがいいリズムになります。
リズムが悪い句に名句はありません。
もう一つの例、

雀《すずめ》の子　そこのけそこのけ　御馬《おうま》が通る　小林一茶

この句は意味からいったらたわいのない句ですが、「そこのけそこのけ　御馬が通る」というリズムで、楽しさと小雀に対する愛情が素直に感じられる名句になっています。

俳句にとってリズムは大切です。

②「てにをは」の使い方に注意する

俳句は十七音で具体的なものを表します。たかが「てにをは」といっても、「てにをは」は言葉同士をつなぐ大切な助詞で、使い方によっても印象はずいぶん変わります。

例えば、畑仕事を終えた夕暮れに、小川で足を洗っているとき、そこに蛍がすーっと飛んでいった情景を詠むとします。

①　**足洗ふ《う》　前に蛍の　飛びにけり**

「前に」では、蛍が止まってしまって飛んでいるのが見えてきません。

②　**足洗ふ　前へ蛍の　飛びにけり**

「前へ」では、足を洗っている人の視線はそこで止まっています。

③　**足洗ふ　前を蛍の　飛びにけり**

「前を」とすると、蛍が目の前をよぎって飛んでいったのがよくわかります。

このように、「てにをは」の使い方一つで、情景が変わっていきます。助詞は、どの助詞がよいのかよく推敲しなければなりません。

③　情景が見えるように具体的に表現をする（形容詞は使わない）

基本的には、「美しい」とか「かわいい」とか「おもしろい」という言葉は、説明の言葉になってしまいます。そういう言葉を使わず、具体的にその様子を描くことによって、読み手に「かわいい」とか「美しい」と感じてもらうのが俳句の手法です。例えば「かわいい」ということをいわずに、句全体でかわいさを出すように推敲していきます。

幼《おさ》な子《ご》の　かわいい指を　手袋に

という句を、

幼な子の　指ひとつづつ《ず》　手袋に

「かわいい」といわず「指ひとつづつ」と直せば、具体的にちっちゃなかわいい指が見えてきます。どんなに素敵な言葉を尽くしてみても、具体性がないものは浮かび上がりません。具体的にどう表現するかを考え推敲していきましょう。

④　順序を入れ替えてみよう

俳句を読んでいると、主語が後ろについている句を多く見かけます。例えば、

金魚売《きんぎょうり》が　木陰《こかげ》でタバコを　すっている

というのと、

木陰で　タバコをすっている　金魚売

とでは、一つめの句は情景の説明で、二つめの句は金魚売に焦点がしぼられています。このように、夏の暑い日の

ひとこまを表現するのか、疲れた金魚売を詠むのかで変わってきます。

また、上五句《かみ》と下五句《しも》と順序を入れ替えるだけでも違って、鮮明な句になります。例えば、

夕端居《ゆうはしい》　妻とふたりの　なんとなく

この句では、上五句に夏の季語の名詞「夕端居」がどんとあって、中七句と下五句がその状態を説明するような感じに受け取られ、句のバランスもリズムもよくありません。そこで、

なんとなく　妻とふたりの　夕端居

と、上五句と下五句を入れ替えることで、下五句の「夕端居」という名詞止めとなり、全体のバランスもよくなります。

こうして順序を入れ替えることでバランスのとれたリズムのよい句に変身させることができます。

5 吟行《ぎんこう》について

吟行とは、外に出かけて俳句を作ることをいいます。たいていは句友と一緒に日帰りでお寺や神社、公園、名勝地や海、里山、ときには魚市場、お屋敷とかを訪ねて俳句を作ります。

とりあえず、俳句を作るためにぜひ吟行をしましょう。

吟行をすることで知らなかったことをいっぱい覚えます。子どもの頃には、梅や桜や桃の違いがわからなかったのがわかるようになり、梅にも桜にもこんなに種類があったのかと驚きます。木ばかりでなく草花でも、春の草花がみんな黄色に見えていたのに、種類がありそれぞれ風情《ふぜい》があるのに驚きます。黄水仙《きずいせん》、れんぎょう、みつまた、たんぽ、山吹《やまぶき》、菜の花と、それぞれ同じ黄色でも違うことがわかります。

黄色から　始まる季節　花菜《はなな》かな　　今井弘雄

この句も千葉へ吟行をしたときに作った句です。

また、日常生活の中で俳句を作り続けると、どうしても同じような対象、同じような観点で見がちです。そこに新鮮な新しい発見を求めるのが吟行です。

句友と吟行をすると、同じ場所を見ながら他の人と違った観点で見ていることにおもしろみを感じます。また、吟行は遠くに行かなくても、近くの公園や小川を訪れてみるだけでもいいのです。

そして、吟行に必要なものは、ポケットサイズの歳時記、メモする手帳と筆記用具、歩きやすい靴と服装があれば充分です。

同じ趣味の友人と旅すると楽しいように、句友と行く吟行は楽しいものです。旅行気分と創作意欲が一体となって、普通の旅行と違った楽しさがあります。

さあ、吟行に出かけましょう。

第六章　句会について

―いよいよ、楽しい句会です―

1 句会に出よう―句会の流れ―

俳句の腕を磨くには、句会に参加することです。

句会とは、俳人と俳句の愛好者が集まって、自分の句を発表したり、互いに意見を交換し合い研鑽を積む集まりのことです。

では、初心者が参加する一般的な句会の流れについて書きます。

① 句会の日時と場所を確かめる――初めて参加する人は、その句会のメンバーの人と一緒に行くといいでしょう。そして事前に「兼題《けんだい》」（句会以前に決める題をいいます。例えば「さくら」など）を聞いておき、その兼題にそって句を作って当日持っていきます。

② 用意するもの――筆記用具、自分の俳句手帳、辞書、歳時記を用意して持参します。

③ 投句《とうく》について――投句用の「短冊」が配られます。その短冊に投句する俳句を一句ずつ書きます。（投句する数は句会ごとに、事前に決めます。）他の人が読みやすいように楷書《かいしょ》で間違いのないように、ていねいに書きます。草《そう》書《しょ》など字をくずして書いたものは迷惑になります。また短冊には句だけ書いて、他は書いてはいけません。自分の名前は絶対に書かないことです。

④ 清記《せいき》をする――参加者が記入した短冊を集めて、よく混ぜたのち参加者に分配されます。自分のところにきた短冊の句を「清記用紙」に書き写します。

⑤ 選句《せんく》する――清記用紙から、自分がいいと思った句を選びます。まず、予選用紙または、自分のノートに気に入っ

た句を選んで書き写します。選び終わったら清記用紙を右の人に渡します。そして左の人から新しい清記用紙を受け取って、そこからまた選句していきます。そして、全部の清記用紙を回します。最終的に、予選用紙（またはノート）から決められた数だけ選句して選句用紙に書いて「披講《ひこう》」の人に渡します。

⑥　**披講する**——選句用紙を読み上げることです。披講者は誰が選んだか名前をいってから選句された句を読み上げます。この披講のときが一番句会で楽しいときです。もし自分の句が選ばれたら、選んでくれた人へのお礼を兼ねて自分の名前を名乗ります。

⑦　**意見を交換し合う**——最後に句の批評やどこが悪いか、どこがよくて選句したかなどを話し合い、それを今後の句づくりの参考にします。

以上が句会の一般的な流れです。句会は誰でも気楽に参加できます。ぜひ参加してみてください。

※投句用紙（短冊）、清記用紙、予選用紙、選句用紙は巻末の付録をコピーしてお使いください。

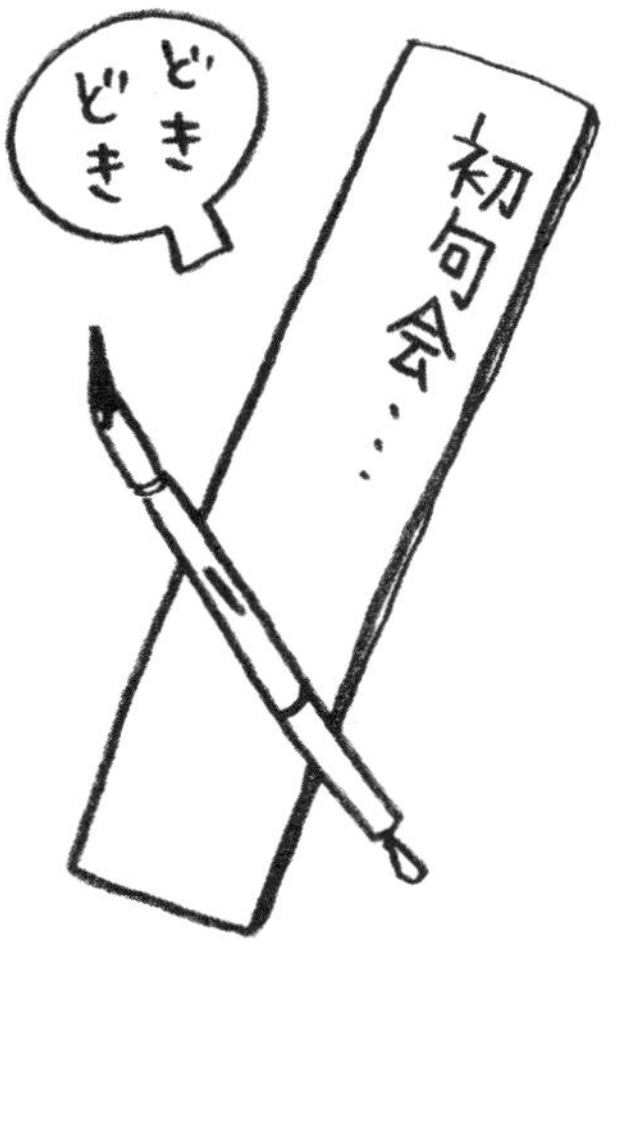

2 句会における題について—まずは、兼題で作ってみよう—

「題詠《だいえい》」……あらかじめ題を決めて作ること
「雑詠《ざつえい》」……題を決めずに作ること
「兼題《けんだい》」……前もって題を決めること
「席題《せきだい》」……句会の席で題を決めること
「当季《とうき》雑詠」……句会の行われる季節であれば、あとは自由なこと
「嘱目《しょくもく》」……句会の会場の近くで題材を見つけること

いろいろ種類はありますが、普通は「当季雑詠」です。

また、「兼題」でも、その季語が広がりのある題（例えば「春の花」）や、また具象的で範囲が狭い題（例えば「たんぽぽ」）という場合もあります。また、日時が決まっている題もあります。例えば「母の日」などです。

そのためには、日頃から俳句手帳（句帳）を持ち歩き、ふと気づいたときにメモをしておくと作りやすいと思います。

それでは、少し範囲の狭い兼題で演習してみましょう。

季節は春で、兼題は「卒業」または「入学」「入社」で作ってみましょう。

＊ヒント
・入学が決まった日のこと　・入社が決まった日のこと　・入学式、入社式の日のこと　・家族のこと
・卒業式、卒園式、退職日　・そのときの思い出や友だち、家族のこと

名前（　　　　　　）

五	七	五
（例）過ぎ去れば	皆《みな》夢のこと	卒園日

※自分で一番気に入った俳句に○をつけましょう。後で句会に出します。

季節は夏で、兼題は「子どもの日」または「端午の節句」「鯉のぼり」で作ってみましょう。

＊ヒント

・子どもの成長　・武者《むしゃ》人形　・自分の子どもの頃の節句の思い出

名前（　　　　　）

五	七	五
（例）新聞の	かぶと折りたり	子どもの日

※自分で一番気に入った俳句に○をつけましょう。後で句会に出します。

季節は秋で、兼題は「運動会」で作ってみましょう。

＊ヒント

・子や孫の運動会　・村、町の運動会　・運動会のお弁当　・応援

名前（　　　　　　　）

五	七	五
（例）運動会	一等賞の	たまご焼き

※自分で一番気に入った俳句に○をつけましょう。後で句会に出します。

季節は冬で、兼題は「クリスマス」で作ってみましょう。

＊ヒント
・クリスマスツリー　・プレゼント　・サンタクロース　・トナカイ　・ジングルベル
・讃美歌　・ケーキ

名前（　　　　　　　）

五	七	五
(例) クリスマス	赤い服着た	ビラ配り

※自分で一番気に入った俳句に○をつけましょう。後で句会に出します。

季節は新年で、兼題は「初詣《はつもうで》」で作ってみましょう。

＊ヒント

・氏神様《うじがみさま》　・破魔矢《はまや》　・人ごみ　・一緒に行った人の思い出　・お賽銭《さいせん》

名前（　　　　）

五	七	五
(例) 初詣	お酒の匂《にお》う	人の群

※自分で一番気に入った俳句に○をつけましょう。後で句会に出します。

1

第七章

よく使う季語一覧

―一月～十二月―

一月（冬）

＊…新年の季語

＊元日（がんじつ）
＊初春（はつはる）
寒の入（かんのいり）
＊御降（おさがり）
＊初富士（はつふじ）
＊雑煮（ぞうに）
＊破魔矢（はまや）
＊初詣（はつもうで）
＊初日（はつひ）
＊若水（わかみず）
＊年賀（ねんが）
＊年玉（としだま）
＊門松（かどまつ）
＊松の内（まつのうち）
＊鏡餅（かがみもち）
氷る（こおる）
氷柱（つらら）

＊七草（ななくさ）
＊歌留多（かるた）
＊成人の日（せいじんのひ）
＊初場所（はつばしょ）
豆撒（まめまき）
＊初雀（はつすずめ）
凍鶴（いてづる）
＊福寿草（ふくじゅそう）
＊薺（なずな）
蝋梅（ろうばい）
寒梅（かんばい）
冬桜（ふゆざくら）
冬牡丹（ふゆぼたん）
寒椿（かんつばき）
＊楪（ゆずりは）
寒海苔（かんのり）

二月（春）

節分（せつぶん）　※立春の前日で季節は冬
立春（りっしゅん）
寒明（かんあけ）
雪解（ゆきどけ）
早春（そうしゅん）
余寒（よかん）
淡雪（あわゆき）
春一番（はるいちばん）
薄氷（うすらひ）
春袷（はるあわせ）
木の芽和（このめあえ）
観梅（かんばい）
受験子（じゅけんし）
針供養（はりくよう）
猫の恋（ねこのこい）
白魚（しらうお）
公魚（わかさぎ）

梅（うめ）
猫柳（ねこやなぎ）
犬ふぐり（いぬふぐり）
蓬（よもぎ）
片栗の花（かたくりのはな）
蕗の薹（ふきのとう）
春菊（しゅんぎく）
若布（わかめ）
海苔（のり）
目刺（めざし）
凧（たこ）
初午（はつうま）
下萌（したもえ）
東風（こち）
建国の日（けんこくのひ）
バレンタイン

三月（春）

春分（しゅんぶん）
啓蟄（けいちつ）
暖か（あたたか）
彼岸（ひがん）
春雨（はるさめ）
仲春（ちゅうしゅん）
春雷（しゅんらい）
陽炎（かげろう）
春泥（しゅんでい）
朧月（おぼろづき）
山笑う（やまわらう）
水温む（みずぬるむ）
残雪（ざんせつ）
流氷（りゅうひょう）
鳥曇（とりぐもり）
田楽（でんがく）
春ショール（はるしょうる）

雛祭（ひなまつり）
卒業（そつぎょう）
復活祭（ふっかつさい）
お水取（おみずとり）
雲雀（ひばり）
燕（つばめ）
囀（さえずり）
椿（つばき）
辛夷（こぶし）
沈丁花（じんちょうげ）
木の芽（このめ）
土筆（つくし）
たんぽぽ
大根の花（だいこんのはな）
桃の花（もものはな）
紫雲英（げんげ）

四月（春）

晩春（ばんしゅん）
麗か（うららか）
長閑（のどか）
花冷（はなびえ）
入学（にゅうがく）
遠足（えんそく）
四月馬鹿（しがつばか）
日永（ひなが）
春日（はるひ）
朧（おぼろ）
春日傘（はるひがさ）
ぶらんこ
桜餅（さくらもち）
苗代（なわしろ）
茶摘（ちゃつみ）
風船（ふうせん）
石鹸玉（しゃぼんだま）

鶯（うぐいす）
蛙（かわず）
蛤（はまぐり）
桜貝（さくらがい）
桜（さくら）
木蓮（もくれん）
花水木（はなみずき）
つつじ
藤（ふじ）
ライラック
鰊（にしん）
梨の花（なしのはな）
林檎の花（りんごのはな）
菜の花（なのはな）
チューリップ
春の夢（はるのゆめ）
新入社員（しんにゅうしゃいん）

五月（夏）

立夏（りっか）
夏来たる（なつきたる）
端午（たんご）
こどもの日（こどものひ）
更衣（ころもがえ）
薫風（くんぷう）
若葉（わかば）
夏山（なつやま）
柏餅（かしわもち）
新茶（しんちゃ）
祭（まつり）
母の日（ははのひ）
夏場所（なつばしょ）
雨蛙（あまがえる）
白鷺（しらさぎ）
海酸漿（うみほおずき）
葉桜（はざくら）

薔薇（ばら）
牡丹（ぼたん）
新緑（しんりょく）
卯の花（うのはな）
桐の花（きりのはな）
カーネーション
苺（いちご）
豌豆（えんどう）
蚕豆（そらまめ）
筍（たけのこ）
蕗（ふき）
麦（むぎ）
飛魚（とびうお）
蟹（かに）
山女（やまめ）
蝸牛（かたつむり）
万緑（ばんりょく）

六月（夏）

入梅（にゅうばい）
短夜（みじかよ）
暑し（あつし）
涼し（すずし）
田植（たうえ）
浴衣（ゆかた）
白靴（しろぐつ）
梅干す（うめほす）
網戸（あみど）
日除（ひよけ）
水中花（すいちゅうか）
蛍狩（ほたるがり）
時の記念日（ときのきねんび）
父の日（ちちのひ）
茅の輪（ちのわ）
蟇（がま）
河鹿（かじか）

鮎（あゆ）
岩魚（いわな）
目高（めだか）
鰻（うなぎ）
蛍（ほたる）
蜻蛉（とんぼ）
蚊（か）
ほととぎす
郭公（かっこう）
水馬（みずすまし）
青梅（あおうめ）
菖蒲（しょうぶ）
さくらんぼ
紫陽花（あじさい）
百日紅（さるすべり）
夾竹桃（きょうちくとう）
梔子の花（くちなしのはな）

七月（夏）

冷夏（れいか）
炎昼（えんちゅう）
梅雨明（つゆあけ）
土用（どよう）
雲の峰（くものみね）
入道雲（にゅうどうぐも）
夕立（ゆうだち）
夕焼（ゆうやけ）
雪渓（せっけい）
青田（あおた）
羅（うすもの）
サングラス
日傘（ひがさ）
冷奴（ひややっこ）
心太（ところてん）
サイダー
ビール
アイスクリーム
香水（こうすい）
団扇（うちわ）
打水（うちみず）
夕涼み（ゆうすずみ）
金魚（きんぎょ）
兜虫（かぶとむし）
蝉（せみ）
緑陰（りょくいん）
合歓の花（ねむのはな）
向日葵（ひまわり）
胡瓜（きゅうり）
茄子（なす）
トマト
睡蓮（すいれん）
凌霄花（のうぜんかずら）
百合（ゆり）

八月（秋）

立秋（りっしゅう）
残暑（ざんしょ）
秋めく（あきめく）
新涼（しんりょう）
星月夜（ほしづくよ）
天の川（あまのがわ）
流星（りゅうせい）
盆の月（ぼんのつき）
踊（おどり）
大文字（だいもんじ）
原爆忌（げんばくき）
終戦日（しゅうせんび）
稲妻（いなづま）
枝豆（えだまめ）
七夕（たなばた）
お盆（おぼん）
中元（ちゅうげん）
迎え火（むかえび）
送り火（おくりび）
蜩（ひぐらし）
つくつくぼうし
木槿（むくげ）
芙蓉（ふよう）
桃（もも）
朝顔（あさがお）
西瓜（すいか）
葛の花（くずのはな）
桐一葉（きりひとは）
鬼灯（ほおずき）
露草（つゆくさ）
南瓜（かぼちゃ）
蕎麦の花（そばのはな）
カンナ
白粉花（おしろいばな）

九月（秋）

秋（あき）
二百十日（にひゃくとおか）
秋分（しゅうぶん）
秋彼岸（あきひがん）
夜長（よなが）
秋澄（あきすむ）
月（つき）
名月（めいげつ）
十六夜（いざよい）
宵闇（よいやみ）
野分（のわき）
台風（たいふう）
霧（きり）
露（つゆ）
花野（はなの）
豊年（ほうねん）
月見（つきみ）
虫（むし）
運動会（うんどうかい）
色鳥（いろどり）
鳥帰る（とりかえる）
鯊（はぜ）
梨（なし）
栗（くり）
柿（かき）
初紅葉（はつもみじ）
コスモス
稲（いね）
萩（はぎ）
芒（すすき）
野菊（のぎく）
甘藷（さつまいも）
玉蜀黍（とうもろこし）
曼珠沙華（まんじゅしゃげ）
秋の七草（あきのななくさ）

十月（秋）

晩秋（ばんしゅう）
秋の夜（あきのよ）
身に入む（みにしむ）
そぞろ寒（そぞろさむ）
行く秋（ゆくあき）
秋惜しむ（あきおしむ）
秋晴（あきばれ）
秋の空（あきのそら）
天高し（てんたかし）
十三夜（じゅうさんや）
山粧う（やまよそう）
刈田（かりた）
新蕎麦（しんそば）
夜食（やしょく）
干柿（ほしがき）
案山子（かかし）
稲刈（いねかり）
菊人形（きくにんぎょう）
赤い羽根（あかいはね）
渡り鳥（わたりどり）
雁（かり）
鴨来る（かもくる）
鮭（さけ）
木犀（もくせい）
林檎（りんご）
無花果（いちじく）
紅葉・黄葉（もみじ）
ななかまど
銀杏（ぎんなん）
吾亦紅（われもこう）
茸（きのこ）
木の実（このみ）
烏瓜（からすうり）

十一月（冬）

立冬（りっとう）
冬来たる（ふゆきたる）
神無月（かんなづき）
小春（こはる）
冬浅し（ふゆあさし）
日短（ひみじか）
寒し（さむし）
冬晴（ふゆばれ）
冬銀河（ふゆぎんが）
時雨（しぐれ）
初霜（はつしも）
冬霞（ふゆがすみ）
枯野（かれの）
霜柱（しもばしら）
炬燵（こたつ）
セーター
おでん
鯛焼（たいやき）
熱燗（あつかん）
すき焼（すきやき）
寄せ鍋（よせなべ）
湯豆腐（ゆどうふ）
七五三（しちごさん）
酉の市（とりのいち）
綿虫（わたむし）
帰り花（かえりばな）
侘助（わびすけ）
山茶花（さざんか）
蜜柑（みかん）
落葉（おちば）
白菜（はくさい）
葱（ねぎ）
大根（だいこん）
石蕗の花（つわのはな）

十二月（冬）

冬ざれ（ふゆざれ）
厳冬（げんとう）
師走（しわす）
年の暮（としのくれ）
数え日（かぞえび）
除夜（じょや）
月冴ゆる（つきさゆる）
凍星（いてぼし）
空っ風（からっかぜ）
雪（ゆき）
冬景色（ふゆげしき）
外套（がいとう）
毛布（もうふ）
ちゃんちゃんこ
着ぶくれ（きぶくれ）
襟巻（えりまき）
マスク
手ぶくろ（てぶくろ）
餅搗（もちつき）
隙間風（すきまかぜ）
風邪（かぜ）
懐手（ふところで）
年用意（としようい）
柚子湯（ゆずゆ）
クリスマス
鶴（つる）
冬鴎（ふゆかもめ）
河豚（ふぐ）
鮟鱇（あんこう）
牡蠣（かき）
冬木立（ふゆこだち）
千両（せんりょう）
万両（まんりょう）
年の夜（としのよ）
除夜の鐘（じょやのかね）

○付録

投句用紙

（コピーして、線にそって短冊に切ってお使いください）

No.

清記用紙

記

予選用紙

清記番号	予選印○	句	作者名

選句用紙

選句番号				

選

著者紹介

●今井弘雄

1936年生。国学院大学卒。元医療法人社団名芳会板橋中央総合病院福祉課長。ヘルパー養成講座講師。日本創作ゲーム協会代表理事。

「春燈」燈下集作家（同人），俳人協会会員，板橋区俳句連盟副会長。

<おもな著書>

『生きがいづくり・健康づくりの明老ゲーム集』（共著）『ちょっとしたリハビリのためのレクリエーションゲーム12ヵ月』『車椅子・片麻痺の人でもできるレクリエーションゲーム集』『ちょっとしたボケ防止のための言葉遊び＆思考ゲーム集』『おおぜいで楽しむゲームと歌あそび』『少人数で楽しむレクリエーション12ヵ月』『虚弱や軽い障害・軽い認知症の人でもできるレクゲーム集』『介護予防と店頭予防のための楽しいレクゲーム45』『軽い認知症の方にもすぐ役立つなぞなぞとクイズ・回想法ゲーム』『シニアが楽しむちょっとしたリハビリのための手あそび・指あそび』『ほら，あれ！　楽しい物忘れ・ど忘れ解消トレーニング』『シニアのための大笑いクイズと大笑い健康体操』『シニアのための楽しい脳トレーニングワークシート<全２巻>』（以上，黎明書房）『バスの中のゲーム』（文教書院）他多数。

○参考資料

『カラー図説　日本大歳時記』講談社

『合本　俳句歳時記　新版』角川書店

『「全然知らない」から始める俳句入門』金子兜太監修，土岐秋子編著，日東書院

『書き込み式俳句入門ドリル』坪内稔典監修，主婦と生活社

『楽しく学べる川柳＆俳句づくりワークシート』中村健一，黎明書房

＊イラスト・山口まく

はじめての人《ひと》でもすぐできる
シニアのための俳句《はいく》づくりワークシート

2013年７月10日　初版発行

著　者	今《いま》　井《い》　弘《ひろ》　雄《お》
発行者	武　馬　久　仁　裕
印　刷	株式会社　太洋社
製　本	株式会社　太洋社

発　行　所　株式会社　黎《れい》　明《めい》　書《しょ》　房《ぼう》

〒460-0002　名古屋市中区丸の内 3-6-27　EBS ビル
☎ 052-962-3045　FAX 052-951-9065　振替・00880-1-59001
〒101-0047　東京連絡所・千代田区内神田 1-4-9
松苗ビル４階　☎ 03-3268-3470

落丁本・乱丁本はお取替します。　ISBN978-4-654-07630-7